宁愿

刘建清 著

中国画报出版社·北京

图书在版编目 (CIP) 数据

宁愿 / 刘建清著 .-- 北京 : 中国画报出版社，2024.7

ISBN 978-7-5146-2353-6

Ⅰ . ①宁 .. Ⅱ . ①刘 .. Ⅲ . ①诗集 – 中国 – 当代

IV. ① I227

中国国家版本馆 CIP 数据核字 (2024) 第 021834 号

宁　愿

刘建清 著

出 版 人: 方允仲

责任编辑: 程新蕾

责任印制: 焦　洋

出版发行: 中国画报出版社

地　　址: 中国北京市海淀区车公庄西路 33 号　邮编: 100048

发 行 部: 010–88417418　010–68414683（传真）

总编室兼传真: 010–88417359　版权部: 010–88417359

开　　本: 16 开（710mm × 1000mm）

印　　张: 6.75

字　　数: 100 千字

版　　次: 2024 年 7 月第 1 版　2024 年 7 月第 1 次印刷

印　　刷: 三河市中晟雅豪印务有限公司

书　　号: ISBN 978-7-5146-2353-6

定　　价: 49.80 元

老驥伏櫪志在千里
毅傑

目 录

第一辑

怀乡…… 001
马家河午后…… 002
梯云塔…… 003
故乡是圆的·贺大姑刘井再七十大寿后归途…… 004
经石门三日杂句…… 005
其实我们辜负大地很多…… 006
五月，我多么不忍…… 009
城乡事…… 010
惊悚如期而至…… 011
从前的木锯…… 012

第二辑

一件活的遗物…… 015
故园西辞…… 016
春天里必须歌唱…… 017
过往…… 018
天之大…… 021
在颗粒无收的日子里…… 022
美人蕉…… 023
我的年度人物…… 024

今夜茨菇塘来电……………………………………… 026
修渠塘的兄弟……………………………………………… 029
尊淼的房子………………………………………………… 030
而今故人…………………………………………………… 031
这一点，他没有说谎……………………………………… 034
昌军是个爆破手…………………………………………… 037
无人机飞上了马坡岭……………………………………… 038
盛夏的果实………………………………………………… 039
无问西东…………………………………………………… 040
春花………………………………………………………… 041
我跟儿子读唐诗…………………………………………… 042
断裂………………………………………………………… 043
在日照兼怀“粮神”千古………………………………… 044
献诗………………………………………………………… 045
两个人——致T君 ………………………………………… 046
赠文锋北上………………………………………………… 047

第三辑

致彭辉……………………………………………………… 051
闻俊峰先生履新贺呈一首………………………………… 052
北京………………………………………………………… 053
西行诗草…………………………………………………… 054
张家界散章………………………………………………… 055
春天去安阳………………………………………………… 057
我的生活艺术主张………………………………………… 058

暗中致答词 …………………………………………………… 059
中年……………………………………………………………… 060
圈套……………………………………………………………… 063
冬夜杂想………………………………………………………… 064
有所思…………………………………………………………… 065
自律辞三章……………………………………………………… 067
读“剑桥史”“嘉莹说诗书法史”《笑林广记》诸系列 …… 069
建群……………………………………………………………… 070
余生……………………………………………………………… 071
这震颤的世界为宇宙平添了震颤……………………………… 073

第四辑

宁愿……………………………………………………………… 077
请理解这样一种生活…………………………………………… 078
八月一号………………………………………………………… 079
五十肩…………………………………………………………… 080
关于诗歌本身…………………………………………………… 081
我不过等待一阵秋风…………………………………………… 085
八月叙事………………………………………………………… 086
夏之傍晚抒怀…………………………………………………… 087
世界是平的……………………………………………………… 088
草木皆兵………………………………………………………… 091
拂晓闻雷………………………………………………………… 092
问天……………………………………………………………… 093
云霄……………………………………………………………… 094

第一辑

怀乡

总有一片春草染绿梦
田野依偎辽远天际
白昼，他乡，在林立楼厦间蹒跚
雾霾，冬夜，踩着春草深呼吸

稻粒散落埋进水泥
怎么坚强也钻不出来
荣归的游子
觅不见庄稼地

滩涂不再水草丰茂
新建地铁已取名
今天幻听
可也别指望传来嘎嘎声

马家河午后

院坪都很宽敞但少见人影
马家河午后显得十分安静
河畔有些钓钩在等着鱼
比之更多的是岸上的房子在等着买家

马家河只是曹家棚的一段
曹家棚曾经相当繁荣　成为了曾经
马家河二层小楼和低矮的杂屋被围成一片孤岛
老妇人在门口择菜也许挑到市街
谁知道她这样的日子坚持多久？

梯云塔

梯云塔威镇河妖好些岁月
也以它赋名大宝峰第一新第一宽的大马路
如今梯云塔失去问鼎云天的气势
四旁野草乱石也在跟它挤占空间
那么多鳞次栉比的大厦衬托它佝偻老迈寒碜可怜
塔门上锁锈成乌红
即便借把钥匙哪敢忍心登临?

故乡是圆的·贺大姑刘井再七十大寿后归途

地里的鸡蛋黄
鸡窝的鸡蛋
杆子上的苞谷坨
筛子里的干花椒和枝头的鲜花椒
树上沾晨露的柑橘
屋前屋后花粉经蜂子采的蜜
被我从大石门带到长沙
顺便在城隍庙附近嗦了一碗麻辣牛肉粉
圆的

经石门三日杂句

我本石门生和长
一变过客心怅惘
西走东奔行色匆
言语无尽逢亲朋
前日花桥青山翠
可怜高堂垂奄息
承建留我置宴席
今朝回还不及饮
庄田侧畔碑林立
天地孕化皆逆旅
人生代代无穷已
儒马兼需释老义

其实我们辜负大地很多

暮春的动车不疾不徐
正可将湘中到湘西北的窗景一览无余
油菜花落尽，橘花扑鼻，还有万年青蓬松新绿
什么年代了，妇人定是勤快爱家的
不然何必还在河边洗涤？

这些新翻的泥土
这些刚栽下的蔬苗
多少夜我辗转反侧不能自遣
何苦鬓发斑白？
真该如夜空下的大地这般无声无息

問道尋僊何處踪
癸卯深秋
毅傑

五月，我多么不忍

生活那么劳累，还有无法纾解的疾痛
让我的先辈们如秋里的黄叶
躺进山冈
如今我要雇人开启坟茔
双手捧起他们的遗骸
多则三十余年了　那流逝的岁月一定未曾让休憩满足
触碰亲人的胛骨和膝盖，依然感受到隐藏在时空深处的均匀呼吸
本该请他们熟睡千年万载
可是五月，我多么不忍

城乡事

我拎起沉甸甸的一袋
从农村走进城市
这一袋里面都是让人活命的菜蔬
不值钱　不耀眼
只有二哥家唯一的大白鹅下的八枚鹅蛋亮晶晶

老母亲种的蚕豆略显过季
外壳渐变坚硬
不过乡里认为这种东西进入腹腔帮人“活气”
足能治疗快食引起的消化不良

还有姐姐从石壁上捡拾的地木耳
她说好做汤吃
我突然觉得其中充满着人生的全部哲学
你看漆黑细碎的地木耳
再怎么陡峭和褶皱不平的表面
它都能旺盛生长

惊悚如期而至

平时素不相联系的表亲来电
我想此时他们家屋后苦楝树披着寒霜
季节的轮回，万物盛衰
还有人情薄凉
他们宣告某个长辈亲人一个时代的结束
我每每奔赴回乡的路上

从前的木锯

大雪落之前
父亲总要持一柄木锯
将杨树和松树锯作一堆木头码好
木屑谦卑无声飘散在泥土上
恭顺的木柴送进灶膛终燃成灰烬

未遇一场雪好多年了
父亲的后裔早就躲入暖气房
寒夜或有锯木声回旋耳际
从前锯条割断木头
现在割伤我们更凌厉

第二辑

一件活的遗物

这一棵桂花树
毕竟长大了，长在老屋窗前
树并不挺拔，尚有些虬曲
如一柄拐杖
待父亲老了之后去拄

久不做饭的烟囱拆掉了
老屋聚餐的欢声也不闻
父亲被埋入泥土
他亲手植下的桂花树
如今成为一件活的遗物留给我

故园西辞

未察觉昨晚月亮有没有睡
一周前海来阿木呼唤月亮别睡刚好在这座县城
本该听发小杨恒母亲谈古说今
比如讲到的王惠贤兄妹如今发达在新疆
我们更津津乐道那时曾觊觎她们家红橘
种果实的土地盖起饭铺，迷茫的人都翻起人生的顾念

因为每个人必然亏欠故园
所以谁都逃不脱近乡情怯
当承建酒醒来电，我已委身 K785
可怜我未来得及嗦一碗红烧肉粉

春天里必须歌唱

是的　四季不再分明
从车窗外依然看见油菜花开满山岗
你又要辗转离家
春天里还是必须歌唱

父母遗留下一垄田土
告老之后　你是否用心整理它们
一如夜晚击打键盘把句子分行

芙蓉路新地标已经耸立云端
沉舟侧畔航船驶过
湘江自此浩浩荡荡

金桂园你的新居　爆竹烧掉一片枯草正吐出新芽
那个穿墙赶地铁的中年人脚步匆忙
还记得在春天里歌唱

过往

这两天长沙说要落雪
说着说着公园散步的人
果真少到可怜
而我　竟然也莫名
怀念起过往

石长线的慢火车晃荡了好多年
我坐在疾驰的高铁上
才惊觉日子　就是儿子手里摆弄的沙漏
早已埋葬了并不年迈的父母　和我蓬乱的年轻
我混迹于湘西北山涧　花落花又开
直到那天
盗马贼一样被人群驱赶

过往像醉酒的失忆
似曾相识你却怀疑是否真有发生
那个痛啊伤啊
我跟你，都指望熬过一冬
在春天愈合

山水空流山自閑
毅傑

天之大

我的家迁往五百余里外的城市
带走我的爱人和孩子
不知道他们幸福感的程度
他们在新的单位就业，在新学校背诵唐诗
只是无论如何
我带不走几座坟茔
里面先后埋葬着我的祖父母、母亲和父亲
九月中旬居委会打电话
“先生您因需要迁坟请登记身份信息”
今年秋风又吹起
我记起了“天之大”这首歌
你的身份信息几何？
天之大
可有谁伴我诉说

在颗粒无收的日子里

不是每一个男人都伟岸
在父亲死去多年后
我趺趺撞撞为人父亦十载
在这颗粒无收的日子里

在颗粒无收的日子里唯有耕耘
—— 跟牛反刍稻草一般咀嚼着遗教之语
我却未如它劳苦功高献出金黄的谷米

是的，全部只有一块薄瘠的田产
这就是一世的父爱
但如今我深味：比之更博大的是父性

美人蕉

我日复一日从湖边散步
今天才把你突然凝望
立夏的空气里
美人蕉笔直地生长

久违的朋友
你亘古如斯
从没有嫌弃哪一块地方
你的叶子被牛啃　你的花被放牛的娃吮
蓬勃的生命再长出绿的叶和红的花

可惜我不种花已好多年
种花的经验，是把它们种在家乡的土地上
今在高楼　阳台挤满盆栽无数
我唯有跑到湖边，看见美人蕉叶间滚动露滴
也许有泪珠滑落

我的年度人物

第一位颁给老蔡
他常年在耒阳的一片坡地种水果
他粗糙的茧子在握手时有些刺痛我
他仍然嘿嘿笑着用夹生腔普通话自诩“柚子王”
他憨态可掬的表情不容我半分置疑

其次颁给活蹦欢腾的重外甥
他的祖父舍家居住海口用豁达战胜了糖尿病
他的姥姥把她的独生女从石门远嫁津门
这个小家伙诠释了血脉的坚强延续
或者还有民族华夏的新融合

最后一位颁给同学远辉
他的头脑因风高月黑疾驰逃匿的车轮慢下来
他慢吞吞的头脑从此没有诘问社会道德与秩序的能力
他的双脚在十余年后萎缩只能去了天国散步
他提醒，弥漫我们身旁的尚有残酷如幽灵

今夜没有华光璀璨
但我动用最朴实无华的修辞和长短句
讴歌你创业的坚忍

预祝你的元气勃勃长成栋梁
也欢送你魂归缈缈脱却尘埃
且借老蔡自酿柚子酒一壶
一杯慰劳风尘
一杯庆人间值得
一杯道死生两珍重

今夜茨菇塘来电

有个老杨在电话那头
说合金产品订单回升
好啊，就让锋利的钻头洞穿地球最坚硬的岩石
再深幽的隧道也烙上他的铁齿铜牙

茨菇塘我挂职的地方
老杨还说王主席由此去了荷塘
那位和我聊天的大哥风华正茂，到地方换届就离开了工厂
老杨又有些日常一样的结巴
像有些钻头某时卡在某处

我说老杨
一口塘更比另一口开阔
我们都祝福锦鳞游泳一片盛况
所以，老杨暂时恢复了流畅

閩溪三月桃花雨
半夜鯉魚來上灘
毅傑

修渠塘的兄弟

据农家历书记载：阳春日丽宜修宜造
兄弟们于是聚在花桥的草木清香里
用挖掘机翻出层层黑泥
这滋润了洗涤了王家湾几代人生活的渠塘
沉淀了多少时光多少酸甜多少梦想

一双双曾建筑城市的粗手
如今回到乡村祖辈的坟边
搬运灰色的褐色的紫色的片石牢固嵌入
给阳光闪耀下的堤坝镶上金牙
年迈的渠塘就如老母亲容颜焕发

砂浆黄金配比，最后灌进泄洪闸口
是做人做事出纳有度
也让好日子细水长流

尊淼的房子

秋天
我邀你坐慢火车去别处走走
你说你的房子还要修

冬天想必你搬进新居和家人围炉烤火
你却发来尚未完工的图片
这哪里是一般的屋子啊
浩浩大大的楼层伸向宇宙

莫是怕想象力受限于贫穷？
你才将它垒了又垒
从年尾还要折到年头
其实，你枕靠着北山那么苍茫辽阔
足够你和儿女子孙高瞻远瞩

而今故人

高支书的烤烟

其实你不必种烤烟
就像本来可以享用好一点儿的香烟
但你一直抽一种普通的过滤嘴
因为乡亲们需要你领头
就像头羊在羊群就不会迷路

晚上的烤房如碉堡也如瞭望塔
你要把烟叶一片片熨齐整
跟白天走村串户去梳理家长里短一样
再来回往复将烟叶送进烤炉
火苗映红你饱经风霜的脸颊
你恰如老战士忠诚的坚守

志平的肥料

最近你一直奔波在峻岭崇山
把锰铁锌硼与橘根茶叶结合的道理传播
也给农友穿插以前德州买扒鸡的旅途故事

代工过电子配件，生产过服装
曾经四处闯荡
而今又回到起初的老本行肥料推广
你自嘲也许是宿命也许是未泯的初心
农友说有缘才相聚
所以你跟咱们一起护持作物生长

老郑的原木

虽然二十多岁就出了乡关
你身体始终流淌老家太平众多大树的质朴木性
在海南的车间又抚摸过十余年的黄花梨
那些纹路香味质感分毫重量怎不熟稔于心

最近也在子夜稍自纳闷
自己的产品如何不敌别家那么便宜
昨天把厂房搬到了郊外的小山上
你仍然仔仔细细打磨你心爱的原木

这一点，他没有说谎

好久没有联系了，今早你发来微信
你说被忽悠大半年，现如今不了了之
感受到你来自澧水之滨的懊丧
我忆起是年初介绍你俩认识

可是这一点，他没有说谎
他年轻的时候在西南辗转卖汽车
打拼后确实挣了足够的钱
商海浪急，他现在做起快递小哥
还说只想陪父母终老故乡

草黄，沾上白霜
一年就这么过去
你也替自己考虑多披一件衣裳

清談可以飽
梦想接無由
毅傑

昌军是个爆破手

半夜的长途火车跨过湘江
在湘江上游千里外的地方
你从故乡抵达他乡放炮

昌军是个合格的爆破手
横亘在前的大山恶如龙猛于虎
也被你抽筋断骨
工地上拉起一条报捷的红绸横幅
七月骄阳照耀每一个字和汗珠都闪出金光

月亮下一群打着赤膊的汉子敞开肚皮也敞开心扉
你举起湘菜馆的啤酒杯
说路基就要豁然开朗
那时候家里也会玉米黄稻花香

无人机飞上了马坡岭

白雪覆盖　又融化的马坡岭
尾随园艺师爸爸走在田埂
知非跟弟弟作业减少
放无人机庆祝这个轻松伟大的元旦
孩子们雀跃欢呼惊动了屋顶鸽阵，
追着螺旋桨云中翩飞

垂直，俯仰，盘旋，穿越
遥控成像
能看清油菜的叶脉比教科书上更绿
作物所旁边水渠里泛起一团蝌蚪卵
黑灰透明
而试验田的薄膜里有一些种子
挤出土壤探听季候的讯息

从城南跑到城东会老友
我欣欣然见证了
春天来临前这一幕

盛夏的果实

盛夏明显越来越长
章云隔离在沪上酒店还有两天才能“出关”
他和我们所有人
空调外机的旋转声与鸣蝉一直对抗
大通湖的女农场主采摘黄桃送来了清凉
大通湖其实不大
约等于受气候制约结出的黄桃的瘦弱
那一夜，也没有唱《盛夏的果实》这支歌

无问西东

相聚的日子总是很短
来不及细细把盏言欢
我的亲友去了四面八方

天山召唤他戍边
你赶丹麦的订单要回黄浦江
跟两个女儿编排完《红枣树》抖音
她还是狠心去了南方
老父无力采回橘橙犹挂枝头
且任它生长
长成果叶依偎的风景
长在两翘首的梦乡

春花

银盆路半条街挤满天底最勤的家长
但胤斌是智慧开明的父亲
把女儿从周末补习的人流里艰难地拔出
到城东北郊外感受季节轮回

孩子们隔着眼镜片看李白桃红
没有在文字间判别得那么敏捷
好像一只蜜蜂迷失方向跌跌撞撞
正如春花一向静静地开和谢
而我们以热烈妖艳之名
误会和辜负她这些年

我跟儿子读唐诗

这些色彩斑斓的句子撑起王朝帝国的大厦
四梁八柱威风凛凛
一千多年了，好像并没有倒塌
倒是西岭的千秋雪早已融化
还有两岸啼不住的猿声消逝无踪

没有经历过寒冬的人
哪能读出柴门闻犬吠风雪夜归人的意境
今年的冬天尤其暖和
我在一片斜阳里
吃力地跟儿子读唐诗

断裂

儿子在咳嗽声中吹着黑管
我作为惯于严厉的父亲这时候表现出慈爱
此刻我没有关注他练习得是否准确
却害怕他从某个音骤然滑落

在日照兼怀“粮神”千古

我一个山牯佬来到黄海之滨
涛波漫天翻滚缥缈无际
久困山崖以为天地恒定
岂知寰球旦夕忍受撕扯
浪淘白沙万灵归尘，夫复何言！
“粮神”早参透洪荒之理
也把稻禾引种这苦咸的海水
只如他匠心为他打磨一把提琴就够
不然，逝者寂寥更令我们伤悲

献诗

春天本应热烈灿烂
阴雨却这般绵长
你二十二岁的韶华
是绽放一种别样的馥郁芬芳

你本应挺拔成更高的大树
小草已在你的墓前生长
虽然生死两茫茫
我们确信你从人间去了天堂

昨天，古运河见证你的一颗初心
今朝白云山托举你的碧血一腔
你把遗憾带给亲人
你把荣光留给家乡

你启迪我们思索生和义，使命与担当
因为你蹈火赴汤何惧死亡
你的名字叫刘磊
石头的蕴含就是磊落和血性，朴实、诚实、踏实
将石门人的精神传遍湖湘和吴江

两个人——致T君

要说出多少话啊
才能击中思想的靶心
要抱得多紧啊
才能让一颗心感受另一颗心

这世界足够喧嚣
令你如此渴慕一种本真
裸露肉身裸露精魂
若湘江水贴着大地往北流溢

就在伊人目光里且歌且舞
也抒写春天的赞美诗
某一天阴翳闪现
交响乐被粗鲁地停顿
兴许，只是噩梦一场
你却哭起来
奔向太阳的光

赠文锋北上

几年前我写一篇散文同情你的乡愁
因为你的故乡在那黄河远上白云间
带着媳妇在黄兴北路的小租房跟我们烹热气腾腾的鲁菜
但昨天，你已离开火辣辣的洞庭之南
大约江南湿热的淫雨未能浸润你黝黑的胳膊
你黝黑的胳膊一定更喜欢北风的狂野
核物理肄业的你终究没有失去核原子的活力
好男儿觅封侯也好啊
哪怕寰宇间扑腾嚣闹不停

第三辑

致彭辉

如罗溪瀑布舍身一跳
永别了浮浪的前尘往事
你化作桃江的一片大叶茶
泡在你赠我的粗砺的壶里“可以清心”
你或许亦有浮邱山一块齿石的磨难
历经雨淋风吹终于收获开悟的灵性

当旭东师傅引你创业家政
你每一天便和鸿兴姐妹美化万户千家
你常说喜欢拿好东西与人分享
师傅还懂艺术创作
愿你的故事将来绘进他的人物连环画
供我们徐徐分享

闻俊峰先生履新贺呈一首

谷雨临期花正浓
疫散籽实兆年丰
一五宏猷方擘画
书记擢拔要离工
犹记去年九月中
长短相慰语融融
良骥希遇伯乐赏
唯恨时促难再逢
乾坤玄奥运无穷
君今掌吏国之重
百川东归成浩瀚
我与英俊唱大风

北京

我这副修炼了三十余年的皮囊
而今才走进你，祖国的心脏

圆明园人真的不多
黑天鹅兀自游在薄冰河塘
大水法残垣是否对应了一出打断的折子戏
只好随零零后迷墙穿梭
希冀穿越问问皇上

朝圣一样登清华园
看见华夏骄子行色匆匆
他们是要赶一场又一场招聘会吗？
你无所事事可别挡了方向

谁烧潭柘寺的第一炷香
恭王府哪款福字是真
时尚女导津津乐道多像情人的暗示
我没有艳羡她的妩媚也开始膜拜
只为祈祷漫卷而逝的人们
风停了
这是今夏大雨过去四个月后

西行诗草

宝鸡入墓

墓道甚是倾斜
我们这些摸金者履石而下
李茂贞夫妇合葬、法门寺佛指
万寿无疆仍然被围困于提防的弹丸之地
千年秋风吹拂不尽贤相眼角的倦怠
屯兵的五丈原下已修起大厦和生民乐业的工厂
精谙释梦的周公啊
可曾解得古今盛衰的玄奥

龙门游洞

捐出了脂粉钱的皇帝必然虔诚
精工刻刀让佛菩萨与凡间如此接近
俗人终不免俗，你看石窟里头颅俱损
他们要么供奉到了独门小院
却不知神仙欢喜的是心灵浩广
白香山就懂得散财开渠
现如今尚在伊阙颐养天年

张家界散章

之一：禾田居

从《魅力湘西》散场，我们一群投宿的旅人
健于长跑但怯于这春夜寒凉

以金木水火土排布
究竟牵连诡谲
寨子四散隐伏山涧，如定力深厚的老蟾蜍
帮你我挡住百千暗箭

之二：慈利生长瓢儿菜

在峻拔的金鞭岩之外
在清幽淌流的四门绕水之外
宋家边在移民安置
因为七星山要开发，还有内蒙古汉子来圈跑马场

必须惊艳这里三千奇峰步步是景
当无意中发现一畦瓢儿菜
却胜似与失散多年的亲故相见

慈利，多么古朴的名字
瓢儿菜
愿你在慈利慢慢地生长

之三：张家界把你我变成一只鸟

地壳格外费了心思
这里的山便多一层奇与净
从此人类羞于赘笔建寺垒庙
只为印证和成全它的天然无雕

张家界有什么好
它只会把你我变成一只鸟或从山尖游作峡谷里一尾鱼
生生世世相拥偕老

春天去安阳

—— 赴安阳参加全国就业创业“春风行动”启动仪式临行前纪感

当我们沉浸于猪年诸事顺遂的祝福
当我们在影院和孩子讨论地球流浪何方
阴雨和云空已缠绵五十余天
湘北也传来柑橘冰冻受灾的消息
近来和妻子拌了嘴还憋着气
上班的路，依然湿滑
那里由围墙封堵，前途道阻且长

每逢春天，我仍会舒展歌喉
即使和着地铁车厢里《我和我的祖国》的节奏
看见年轻人脸颊上洋溢着蓬勃朝气
笨拙的我也想翩翩起舞

老郭——来自中原的朋友在长沙马坡岭落户
昨晚在朋友圈晒出对枝头吐露嫩芽的欣喜
我说是啊，我将要赴你的家乡
去感受“春风行动”吹拂神州

我的生活艺术主张

豹塘路除了食客，就是为食客服务的大厨和侍者
我狼吞虎咽一顿后感觉一嘴孜然味
多数时候，我怀疑粮食绰绰有余
当我推销饥饿的生活主张
贤惠的妻加上聪明的子都嗤之以鼻
迫使我郁闷不已回乡躺平一整天直至黄昏
跟木匠聊起他的劳动手艺
他说镶拼木头都要预留空隙
我觉得跟我的生活艺术一个道理

暗中致答词

你说红尘皆过客
—— 我说人也多么像个消耗品
你把世界都扮成打卡地
—— 我始终如一独步在无风的荒江野村
你赠我一张门卡
—— 我担心哪天你突然更改了密码

人的这一生需要多少粮食?
我以为只要攒足几个回忆

中年

中年如果不体面
要么坚韧
我至少缺少起码的油腻
只如一只匆忙的工蜂
多少年了
你都忘记了谈论理想
还有应该维持这人生或多或少的趣味

虾路相逢
鱼者勝
癸卯深秋
毅傑

圈套

你看微信我有些想法
其实不看微信
可以促膝长谈
自今而往咱俩约好:都不发朋友圈
圈何谓圈?
谁也不情愿被说服
圈套
套在其里
你总归信罢

冬夜杂想

冬天的夜没有春或夏那么多风雨交加
几声鸟的啁啾在园子里连绵起伏
或者你忆起于某人的爱恨
我则深疑地球自转跟公转都慢下来
多数人厌这长夜漫漫
唉，有什么不好？
很多时候醒来，世界如常

有所思

（一）

我们唏嘘熟识的人在壮年离世
却无视一只昆虫在深邃的草丛里死亡
还有昨天正艳的栀子花今天的凋零

（二）

南方的初夏即现湿热
屈子就在这样的环境行吟
也有个朋友尽写一些警策而深怀谶意的句子
我劝他在朝晖里和星光中出门走走

（三）

我已经沉默良久
寄情于起高楼与宴宾客好不热闹
寡语之人唯有在古风古韵里沉潜
方悟得此生的妙谛

（四）

有豪华座驾的人群及时出行
作为局外人和冷眼旁观者
你洞悉身边也汹涌着资本的惊涛
她或已演变为温良的女子
所以你必须更加火眼金睛和超凡脱尘

自律辞三章

一、匀速呼吸

一直以来我保持着匀速呼吸，静如处子
这声音能与世界足够和谐
有着一片金叶子的质感
或者夏初一颗露珠的莹洁
某天午睡被低微的鼾声惊醒
也许仅仅是气流在鼻腔迂回、卡顿了一下
我连忙检束是否扰了一室的同事
以及窗外樟树枝头的雀鸟
办公地的确逼仄了些
正好藏身其中练习匀速呼吸

二、郁金香毕竟发芽

M 姐职场资质遭人揭发
恰逢定王台绵绵的车流开不动
我们便在浓霾包裹的汽车里诉衷肠
虽然是借别人块垒疗慰自己
多数时候还引为知己

后来 M 姐旧疾已愈，我添新伤
我俩便只讨伐这两年新冠压头，和股市不振
她蜻蜓点水
我义正辞严，而且豪情满怀
毕竟阳台上她送给我的郁金香已经发芽

三、珍惜皮囊

这副皮囊载着你悠游四方
珍馐美馔固好，馒头咸菜也罢
它常年甘之如饴默默不闻
206 块骨骼，639 块肌肉
夜夜宴饮的是你，磕破的是它
换盏推杯的是你，夜半倒海翻江的是肝胆脾胃
你沐浴万丈荣光，享受美人顾盼生辉
大言不惭灵魂高贵，肉体可鄙

王洋打岭南来访
有貌美佳人徐果在侧
南湖之滨，湘江之畔，昏天暗地恣欢谑
恕未再酌饯君行，但留一杯迎客至

读“剑桥史”“嘉莹说诗书法史”《笑林广记》诸系列

史家总以犀利目光洞察千古
奈何千古以降何外乎那些事儿
学优而仕的诗人往往不离浇自己的块垒
残灭的断碑倒是没有淹没曾经倔强的风骨
就让一笑，泯却所有恩仇

建群

我出席了无数高雅的通俗的聚会
或开端或酒酣或曲终便开始建群
一段时间我恐惧于这种游戏
又在凭借酒精获得的亢奋中去正视它的必要性
与庄重性
后来，这些大大小小的群均归于沉默

余生

一、裸眼

我们都是文明的高级动物
卸掉脏衣就分秒不停裹上新的干净装束
自从装了镜框，我的眼睛不再裸露
而从阳台望月更隔着一大扇玻璃
现在我裸着眼晒太阳，世界顿时清晰

二、在农业科学院

我们在园艺所楼上俯瞰
微波说就剩这片小树林
种子都躺进了实验室
沃野千里的试验田种上了汽车和人群

三、余生养生

方姐对我叮嘱得养生
正切合我阅读《黄帝内经》的意旨
譬如朝露去日苦多
今生无他，唯有余生
余生不长，唯有养生

这震颤的世界为宇宙平添了震颤

小雪无雪。居万物灵长的人类升数八十亿级。
庄严感是屡被华章使用的冠词
而这些或暗通关联的现象给出了诠释
请多多包涵我铭心刻骨的虚无！
它苍白得不如打一圈扑克
依然要赴亲朋的婚宴或者丧仪
依然要装腔作势地陈述

眼泪再次在海啸跟空难之后风干

磕破皮的骨肉必然涌出血
病毒无愧最神奇的造化
千年以降无非佛老孔墨的周而复始
情感与意识无限加剧炮制出物质与实性
所以世界震颤
为宇宙平添了震颤

第四辑

宁愿

春天是萌发的季节
关于此生荣辱的掂量，还有新一年的规划
今世何去何从
思绪有万千种可能
寒意尚未褪尽
我是春天出生，医书据五行有断语：春生多病
我想起走在沟渠、堤埂牵着马的母亲
很多人已在春天作别
更多人背土离乡，故去亲邻也在历经辗转
坟茔藤蔓吐绿
最狠的迁变，将形式、表象滴滴点点隐藏
二都坪从内容到本质完全不像一块坪的模样
物种濒危或消失
连青苔也在碑石的凹槽铺满
于侵蚀坚硬挑衅我们信守的平衡
还是让雨和风涤荡所有这些造作吧
宁愿黑夜长过白昼
宁愿湿地上春水流向长天

请理解这样一种生活

真正的欣赏何须点赞
况且唇间掺杂了廉价的蜜汁
我的手指虽不能点石成金
但我的口一直恪守沉默是金

我现在还对理想葆有激情
也对舞台撇腿而坐的贵妇给予克制的批评
疏淡美食华服决不因为悭吝与寡欲
仅仅源于禀性知足
如果尚讥为标榜
那定是希冀某种朴素精神的圆融

请包涵未能和筵席嘉宾一一交换微信
我卡顿的手机一如我的笨拙
它的内存载不动那么多热闹的插科打诨
而一旦连线，我将在暗夜守护你的魂灵
同时波涛汹涌中跟你刎颈

八月一号

八月一号开始严查“一盔一带”
接连还有更多执行的新规
生活越来越丰富，人们如蚁如潮

人的头脑实在赛过最精密的仪器
记住而且灵活自如地运用了各种法则和标识符号
并在纵横交错的线段与圈框里突围

五十肩

一些东西会提前到来
有些东西一生都是漫长期许
刚进四十七，左膀在春分前后的深夜
以酸以痛宣示它的存在

这块臂膊不能过度外旋和拉伸
即证明其主人不能游刃有余于人海
你看吧这瘦弱的肩膀，
负有齐家报国的千钧荷
只如三套车前那匹可怜老马

每天耳濡龚姐唐蜜和刘敏的三重奏
她们从前街米粉聊到子女学位以及百年孤独
从不关心粮食危机俄乌冲突
咨议局楼下飘上来油漆味那么浓烈
同时野猫踩在木地板来回喵叫
有人慈悲为怀投以香食
也许她竟在替眼前控诉始作俑者

关于诗歌本身

（一）流传

是不是少了鸿雁传书的等待
就把这些看淡
都是些滑润的词句
或如温良女子问君粥可温
送给你，送给她
岂羡掌声跟鲜花
表弟与阿姊
只想探听
你在外省一如在家？

（二）之外

在歌者之外
有一群又一群哑语人
歌者时迷时醒，自命非凡
哑语人永昼永夜沉醉
—— 卑微套着铁链

或自得其乐

不要菲薄那只布满油污的大手
他们，用它替你搬运所有冗杂的道具
日复一日年复一年
偶尔还抒发简单粗犷的喉音

毅傑

我不过等待一阵秋风

（一）

风并非金风
尽管此刻坐于桂子树下与它们近在咫尺
鼻间捕捉不到一丁点儿花香
十月无诗，我所以等待一阵秋风

（二）

所幸玉皇庙的夜空里闪烁几颗星
古时候怎么据此观天象
这个黄金周出了帐篷小解寻不到归途
想一想当代人更难

八月叙事

借着永平的川卤，我在湘江畔的三十三楼见到了八斤
这个呱呱坠地时的巨大重量
如今长成俊俏少年郎
他的父亲携他从下游的岳阳楼归来
江波不再怒吼
你如何寄怀千载以降的家国情恨？
时空平和，不惜负以悭吝之名
精准记录流驶无息中我们的萌荣枯衰

夏之傍晚抒怀

人世倥偬将半百
时命虽知性难改
也曾狂野觅封侯
惜未屠龙到东海
乡音渐远故人疏
大陈在石小陈沪
若为碎银二三两
稻粱何苦蝇狗谋
古樟参天势干云
新道破地风卷尘
万代欲知乾坤奥
川流无声我空心

世界是平的

蓝得透出绿的海波，火烧云挂在天边
湿苔藓贴着礁石
多么开阔的风景，可惜没有风
它们只是我眼前平展的电脑壁纸
病疫隔离了我跟外界
更多的是鸡零狗碎的日子

荷
毅傑

草木皆兵

黄芪桂枝白芍苍术等等
普通的九味中草药
定可滋润调舒所有人的肺腑
令老者壮者幼者轻松自由呼吸
让我们嗅到大地的芳香

草木皆兵
这些来自田野山坡的茎根叶果
经中医附一仁心妙手排列组合
第一时间送到战疫前方
是湖湘子弟的天下担当

拂晓闻雷

清脆的炸声短促刚劲
将睡人从拂晓催醒
我有些惊惧
空中噼啪作响
天火似焚毁庄园和大地
转瞬却喜悦涌起
因为春天已经来临

春天已经来临
祖国正在战斗疫情
引云雷和天火烧灭病毒吧
不然耽误了这季节的耕耘

待迎来白昼
我又突然想起雷公威严凶狠罚有罪人
譬如糟蹋粮食涂炭生灵
祖母曾将古老的神话
一遍一遍讲给大家听

问天

这颗胖嘟嘟的地球不好吗？
祝融都去了火星
山川一派整饬
河流看不见一根浪渣漂浮
在漫长的雨季，在频频的强对流天气
生命似乎失去原生力
但宇宙躁动着
隐忍很久又一触即发的神秘

云霄

随巨大的舱体扶摇直上九万米
而显然没有成为大鹏
一些零碎与梦想留在地面开始遥不可及
当企图哪怕一直飘浮云霄
气流逼迫我打量到它的无限风光还有遍体鳞伤
如果必然有边界，我和你何必为难我和你？
每一个都感受美好

敢問路
在何方癸卯
深秋 毅傑